AF345195

VENTE DU VENDREDI 4 MAI 1900
HOTEL DROUOT, SALLE N° 8.

LIVRES MODERNES

Publications Illustrées

EAUX-FORTES

Dessins et Aquarelles

CATALOGUES

PARIS — 1900

Mᵉ Léon TUAL | M. Paul ROBLIN
COMMISSAIRE-PRISEUR | MARCHAND D'ESTAMPES
56, Rue de la Victoire, 56 | 65, Rue Saint-Lazare, 65

CATALOGUE

DE

LIVRES MODERNES

ET

PUBLICATIONS ILLUSTRÉES

Éditions de Goupil, Launette, Quantin, etc.

EAUX-FORTES

Dessins et Aquarelles

CATALOGUES ILLUSTRÉS

LIVRES EN LOTS

DONT LA VENTE AUX ENCHÈRES PUBLIQUES AURA LIEU

HOTEL des COMMISSAIRES-PRISEURS, Rue DROUOT N° 9

Salle N° 8

Le Vendredi 4 Mai 1900

à deux heures précises.

Par le Ministère de M° **Léon TUAL,** Commissaire-priseur,
56, Rue de la Victoire, 56.

Assisté de **M. Paul ROBLIN,** Marchand d'Estampes, 65, Rue Saint-Lazare, 65

PARIS — 1900

CONDITIONS DE LA VENTE

———

Elle sera faite au comptant.

Les acquéreurs paieront *cinq pour cent* en sus des prix d'adjudication.

M. Paul Roblin, expert chargé de la vente, se réserve la faculté de rassembler ou de diviser les lots.

Les livres et les recueils catalogués devront être collationnés dans les vingt-quatre heures de l'adjudication. Passé ce délai, ils ne seront repris pour aucune cause.

———

ORDRE DE LA VACATION

LIVRES MODERNES

PUBLICATIONS ILLUSTRÉES

1 — **Almanach** fantaisiste pour 1882, publié par la Société des Eclectiques. *Paris, Lemerre,* 1882, in-18, fig. et portraits, br.

> Tirage à 195 exempl. (n° 148).

2 — **Aquarellistes Français** (Société d'). Ouvrage d'art, publié avec le concours artistique de tous les sociétaires. Texte par les principaux critiques d'art. *Paris, Launette, Goupil et Cie,* 1883, 8 livraisons dans les cartonnages de publications.

> Nombreuses illustrations.

3 — **Armengaud** (M. J-G-D.). Les Galeries publiques de l'Europe. Rome. *Paris, Claye,* 1866, 3 vol. gr. in-4, br.

> Nombreuses illustrations.

4 — **Art** (L'). Revue hebdomadaire illustrée. Années 1875 à 1893. *Paris, Librairie de l'Art,* 55 vol. in-fol., br.

> Nombreuses illustrations.

5 — **Art** (L'). Revue bi-mensuelle illustrée. 20e année. *Paris, Librairie de l'Art,* 1894, 3 vol. in-4, br.

> Nombreuses illustrations.

6 — **Beaumont** (Ed. de). L'Epée et les femmes. Cinq dessins de Meissonier tirés hors texte. *Paris, Librairie des Bibliophiles*, 1881, gr. in-8 br.

7 — **Bentzon** (Th.). Jacqueline, illustré par Albert Lynch. *Paris, Boussod, Valadon et Cie*, 1893, in-4, br.

8 — **Bonnières** (Robert de). Contes des fées. *Paris, Charavay Frères*, 1881, in-18, fig., cart.

Exemplaire sur papier de Chine. (nᵒ 28).

9 — **Capitales du Monde** (Les). *Paris, Hachette*, 1892, gr. in-8, demi-rel. maroq. r. av. coins, tr. dor., n. rog.

Nombreuses illustrations.

10 — **Caran d'Ache**. Les Courses dans l'Antiquité. *Paris, Plon, s. d*, in-4 oblong, cart.

Figures coloriées.

11 — **Champfleury**. Les Chats. *Paris, J. Rothschild*, 1869, in-12 br.

12 — **Chefs-d'œuvre d'art** (Les) à l'Exposition universelle 1878. *Paris, Librairie Baschet*. 40 liv. in-fol. dans le cartonnage de publication.

Exemplaire sur papier de Hollande.

13 — **Chefs-d'œuvre de la Gravure** (Les). *Paris, Imprimerie Vallée*, 1863, gr. in-4 cart., t. d.

Nombreuses illustrations.

14 — **Cherville** (G. de). Les Chiens et les Chats d'Eugène Lambert, avec une lettre-préface d'Alexandre Dumas de l'Académie française, etc. Ouvrage illustré de 6 eaux-fortes et 145 dessins par Eugène Lambert. *Paris, A la Librairie de l'Art*, 1888, in-4 br.

15 — **Chintreuil** (La Vie et l'Œuvre de) par A. de la Fizelière, Champfleury, F. Henriet. Quarante eaux-fortes par Martial, Beauverie, Taiée, Lalauze, Saffray, Selle et Paul Roux. *Paris, Cadart*, 1874, gr. in-4 br.

Exemplaire sur papier de chine, tirage à 60 exemplaires (nᵒ 28).

16 — **Courrier de l'Art**, Chronique hebdomadaire. Années 1881-1882 à 1890. *Paris, Librairie de l'Art*, 9 vol. in-4 en livraisons.

17 — **Crafty**. Paris à cheval, texte et dessins par Crafty avec une préface par Gustave Droz. *Paris, E. Plon*, 1883, gr. in-8 br.

18 — **Daudet** (Mme Alphonse). L'Enfance d'une Parisienne. *Paris, Charavay frères*, s. d., in-16 br.

> Exemplaire sur papier du Japon, tirage à 25 exemplaires (n° 22).

19 — **Dayot** (Armand). La Révolution Française. Constituante, Législative, Convention, Directoire, etc. — Les Journées Révolutionnaires, 1830-1848. *Paris, Flammarion*, s. d., 2 vol. in-4 oblong, demi-rel. chag. rouge.

20 — **Dayot** (Armand). Les Maîtres de la Caricature française au XIXe siècle. — Charlet et son Œuvre. — Raffet et son Œuvre. *Paris, Quantin*, s. d., 3 vol. petit in-4. Nombreuses planches, br.

21 — **Desbeaux** (Emile). Les Campagnes du Général Toto. Scènes de la Vie militaire. Douze aquarelles par MM. H. Vogel et F. Méaulle. *Paris, Ducrocq*, 1883, in-4 en feuilles, dans le cartonnage de publication.

22 — **Detaille** (Edouard). Les grandes manœuvres, par le major Hoff. — Les grandes manœuvres de l'armée Russe. Souvenir du camp de Krasnoé-Sélo. 1884. *Paris, Boussod, Valadon et Cie*. 1884-1886, 2 albums in-fol. en feuilles dans les cartonnages de publication.

23 — **Detaille** (Edouard). L'Armée Française. Types et uniformes. Texte par Jules Richard. *Paris, Boussod, Valadon et Cie*, 1884. 16 livraisons dans les cartonnages de publication. Nombreuses illustrations.

> Exemplaire sur papier de Hollande, avec les planches avant la lettre. (Publié à 1200 fr.)

24 — Du Bois de la Villerabel (Le Vte Arthur). A travers le vieux Saint-Brieuc. Souvenirs et monuments ; illustrations par Paul Chardin. *Saint-Brieuc, Francisque Guyon*, 1889, in-4 br.

25 — Ducros (Emmanuel). En chemin de fer, triolets dits par M. Mounet-Sully, de la Comédie-Française. Compositions de Ch. Doux. *Paris, L. Baschet, s. d.*, in-4 en feuilles dans le cartonnage de publication.

26 — Eau-forte (l') en 1878 et en 1879. *Paris, Cadart.* Soixante planches, par différents artistes, dans les couvertures de publication.

Epreuves avant la lettre.

27 — Exposition des Beaux-Arts (l'). Salons de 1880-1881-1882. *Paris, L. Baschet*, 3 vol. gr. in-8, fig., br.

28 — Fabre (Ferdinand), Xavière. Illustré par Boutet de Monvel. *Paris, Boussod, Valadon et Cie*, 1890, in-4 br.

29 — Favre (de). Les quatre heures de la toilette des dames. Poëme érotique en quatre chants, orné de belles figures en taille-douce par Leclerc. *Paris, J. Lemonnyer*, 1883, gr. in-8 br.

Exemplaire sur papier vergé.

30 — Gœtschy (Gustave). Les jeunes peintres militaires : De Neuville, Detaille, Dupray. Préface de E. Bergerat. *Paris, Ludovic Baschet*, 1878, gr. in-4 cart.

Nombreuses illustrations.

31 — Grands Peintres Français et Étrangers. — Ouvr. d'art publié avec le concours artistique des maîtres. Texte par les principaux critiques d'art. *Paris, Launette.* — *Goupil et Cie*, 1884, 8 livraisons dans les cartonnages de publication.

Nombreuses illustrations.

32 — Halévy (Ludovic). L'Abbé Constantin, illustré par

Madame Madeleine Lemaire. *Paris, Boussod, Valadon et Cⁱᵉ*, 1887, in-4 br.

33 — Le même ouvrage, en feuilles dans le cartonnage de publication.

> *Exemplaire sur papier du Japon tiré à 50 exempl. (n° 3), avec trois suites d'épreuves avant toute lettre, portant une remarque à l'eau-forte et un dessin original peint à l'aquarelle sur le faux-titre et signé par Madame Madeleine Lemaire.*

34 — **Halévy** (Ludovic). Récits de guerre. L'Invasion 1870-1871. Dessins par L. Marquetti et Alfred Paris. — Récits de guerre. Souvenirs du capitaine Parquin, 1803-1814. Dessins par F. de Myrbach, H. Dupray, Walker, L. Sergent, Marius Roy. Introduction par Frédéric Masson. *Paris, Boussod, Valadon et Cⁱᵉ*, s. d., 2 vol. in-4 br.

35 — **Hals** (Frans). Vingt eaux-fortes par le Prof. Unger. *Leide, A. W. Sijthoff*, s. d. Deux livraisons en feuilles dans le cartonnage de publication.

36 — **Havard** (Henry). Un peintre de chats. — Madame Henriette Ronner. *Paris, Boussod, Valadon et Cⁱᵉ*, s. d., gr. in-4 cart.

37 — **Hervieu** (Paul). Flirt. Illustrations par Madame Madeleine Lemaire. *Paris, Boussod, Valadon et Cⁱᵉ*, 1890, in-4 br.

38 — **Histoire des Quatre fils Aymon**, très nobles et très vaillants Chevaliers. Illustrée de compositions en couleurs par Eugène Grasset. *Paris, Launette*, 1883, petit in-4 br.

39 — **Houssaye** (Arsène). La Comédie française, 1680-1880. *Paris, Librairie Baschet*, 1880, gr. in-4, dem.-rel. chag. r. avec coins.

> Nombreuses reproductions.

40 — **Lang** (Heinrich). Circus-Bilder. — Kunstreiter und Gaukler. *München*, 1880-1881, 2 vol. in-4, fig., cart.

41 — Larchey (Lorédan). Les cahiers du capitaine Coignet (1776-1850), publiés d'après le manuscrit original. Illustrés par J. Le Blant. *Paris, Hachette*, 1888, in-4 br.

42 — Le Petit (Alfred). La vie drôlatique des saints, texte et dessins par Alfred Le Petit. *Paris*, 1883, gr. in-8 br. couv. illustrée.

43 — Leroy (Louis). Les Pensionnaires du Louvre, dessins de Paul Renouard. *Paris, Librairie de l'Art*, 1880, in-4 cart. t. d.

44 — Lettres et les Arts (Les). Revue illustrée. Années 1886-87-88-89. *Paris, Boussod, Valadon et Cie*, 48 livraisons brochées.

Nombreuses illustrations.

45 — Livre d'or de Victor Hugo (Le) par l'élite des artistes et des écrivains contemporains, direction de Emile Blémont. *Paris, Launette, s. d.*, in-4, en livraisons.

Exemplaire d'amateur sur papier de Hollande.

46 — London. A Pilgrimage, by Gustave Doré and Blanchard Jerrold. *London, Grant and C°*, 1872, gr. in-4 cart.

Nombreuses illustrations.

47 — Marie (Adrien). Une journée d'enfant, compositions inédites par Adrien Marie. Vingt planches en héliogravure de Dujardin. *Paris, Launette*, 1883, in-4 cart.

48 — Mariette-Bey (Auguste). Voyage dans la haute Egypte Explication de quatre-vingt-trois vues photographiques d'après les monuments antiques, compris entre le Caire et la première Cataracte. *Paris, Goupil et Cie*, 1878, 2 vol. in-fol., demi-rel. maroq. rouge, t. d.

49 — Martial-Potémont. L'Ancien Paris. Trois cents eaux-fortes, en 3 vol. in-fol., demi-rel. maroq. rouge av. coins, ébarbé.

Exemplaire du premier tirage.

50 — **Masson** (Frédéric). Cavaliers de Napoléon. Illustrations d'après les tableaux et aquarelles de Edouard Detaille. *Paris, Boussod, Valadon et Cie*, s. d., in-4, en feuilles dans le cartonnage de publication.

   Exemplaire sur papier Whatman tiré à 25 exempl. (n° VI), accompagné de deux suites des planches tirées avant la lettre. Le faux-titre porte un dessin original signé de Mr Edouard Detaille.

51 — **Masson** (Frédéric). Aventures de guerre. Souvenirs et récits de soldats, recueillis et publiés par Frédéric Masson, illustrés par F. Myrbach. *Paris, Boussod, Valadon et Cie*, 1894, in-4 br.

52 — **Maupassant** (Guy de). Pierre et Jean, illustré par Ernest Duez et Albert Lynch. *Paris, Boussod, Valadon et Cie*, 1888, in-4 br.

53 — **Montrosier** (Eugène). Les chefs-d'œuvre d'art au Luxembourg, publiés sous la direction de M. Eugène Montrosier. *Paris, Librairie Baschet*, 1881, gr. in-4, demi-rel. chag. r., av. coins.

54 — **Montrosier** (Eugène). Les Artistes modernes. *Paris, H. Launette*, 1881-1882, 3 vol. gr. in-8 cart.

   Nombreuses illustrations.

55 — **Montrosier** (Eugène). Salon des Aquarellistes français. 1re Année 1887. — 2e Année 1888. *Paris, Launette*, 2 vol. in-4 br., couv. illustrées.

   Nombreuses illustrations.

56 — **Neuville** (A. de). Croquis militaires. *Paris, Goupil et Cie*, s. d., dans le cartonnage de l'Editeur.

   Vingt reproductions.

57 — **Nolhac** (Pierre de). La Reine Marie-Antoinette, illustrations d'après les originaux contemporains. *Paris, Boussod, Valadon et Cie*, 1890, in-4 br.

58 — **Nolhac** (Pierre de). La Dauphine Marie-Antoinette. Illustrations d'après les Originaux contemporains. *Paris, Boussod, Valadon et Cie*, s. d., in-4 br.

59 — **Perrault** (Charles). Cendrillon et les fées. Trente-trois reproductions d'aquarelles d'Edouard de Beaumont. *Paris, Boussod, Valadon et C*, 1886, gr. in-4 rel. chag. grenat, ébarbé.

60 — **Perrault** (Charles). La Barbe-bleue et la Belle au bois dormant. Quarante et une reproductions d'aquarelles d'Edouard de Beaumont. *Paris, Boussod, Valadon et C*, 1887, gr. in-4, rel. chag. grenat, ébarbé.

61 — **Perret** (Paul). Les Demoiselles de Liré, illustré en collaboration par Charles Delort et Maurice Leloir. *Paris, Boussod, Valadon et C*, 1893, in-4 br.

62 — **Perrot** (Georges) et **Chipiez** (Charles). Histoire de l'Art. Tome Ier : l'Egypte. *Paris, Hachette*, 1882, gr. in-8 br.

Nombreuses illustrations.

63 — **Poe** (Edgard). Histoires extraordinaires. — Nouvelles histoires extraordinaires, traduites par Charles Baudelaire. *Paris, A. Quantin*, 1884, 2 vol. in-8, figures hors texte, br., couv. illustrées.

64 — **Pommes d'Eve**. Douze contes en chemise par une jolie fille. Illustrations de Joseph Roy. *Paris, E. Monnier*, 1884, in-8 br., couv. illustrée.

65 — **Portefeuille d'Amateur**. N° 1. Reproduction de dix tableaux modernes. *Paris, Boussod, Valadon et C*, s. d., in-fol., dans le portefeuille de publication.

66 — **Pougens** (M. C. de). Jocko, précédé d'une notice par Anatole France. *Paris, Charavay frères*, 1881, in-18, fig., br.

Exemplaire sur papier de Hollande (n° 30).

67 — **Privat d'Anglemont** (A.). Paris-Anecdote, avec une préface et des notes par Ch. Monselet. — Paris Inconnu, avec étude sur l'auteur par Delvau. *Paris, P. Rouquette*, 1885-1886, 2 vol. in-8 br., couv. illustrées.

Nombreuses illustrations.

68 — **Quatrelles et Courboin**. La diligence de Ploërmel. *Paris, Hachette, s. d.*, in-4 cart., nombreuses illustrations en noir et coloriées.

69 — **Recueil** des édifices les plus considérables et des plus belles vues de la fameuse ville d'Amsterdam, dessinées d'après nature. *A Amsterdam, chez P. Fouquet Junior*, 1760, in-fol. cart. (100 planches).

70 — **Regamey** (Félix). Okoma, roman japonais illustré par Félix Regamey. *Paris, Plon*, 1882, in-4 cart.

71 — **Ribot** (Exposition T.). Catalogue raisonné des œuvres exposées. Préface de L. de Fourcaud. Eaux-fortes par T. Ribot, Desboutins, Desmoulins, Faivre et Masson. *Galerie Bernheim jeune*, 1887, in-4 cart.

Exemplaire n° 85.

72 — **Richard** (Jules). En campagne. Tableaux et dessins de A. de Neuville, reproduits et publ. par Boussod, Valadon et Cie. Texte de Jules Richard. *Paris, Boussod, Valadon et Cie, s. d.*, in-fol. en livraisons.

Exemplaire sur papier du Japon, tirage à cinq exemplaires (n° 3).

73 — **Richard** (Jules). En campagne. Deuxième série. Tableaux et dessins de Meissonier, Ed. Detaille, A. de Neuville, etc. *Paris, Boussod, Valadon et Cie, s. d.*, in-fol. en livraisons.

Exemplaire sur papier du Japon, tirage à vingt-cinq exemplaires (n° 6).

74 — **Robaut** (Alfred). L'Œuvre complet de Eugène Delacroix, commenté par Ernest Chesneau. Ouvr. publié avec la collaboration de Fernand Calmette. *Paris, Charavay frères*, 1885, in-4 br.

Nombreuses illustrations.

75 — **Robida** (A.). Le vingtième siècle. Texte et dessins par A. Robida. *Paris, Georges Decaux*, 1882, gr. in-8 br., couv. illustrée.

76 — **Roger-Ballu**. Les dessins du siècle. *Paris, Baschet,* s. d. 6 livraisons en feuilles.

77 — **Rousseau** (Etudes et croquis de Th.). Reproduits et publiés par Amand-Durand, avec le concours de Alfred Sensier. *Paris, Amand-Durand, Goupil et Cie,* 1876, in-fol. dans le cartonnage de publication.

Vingt reproductions

78 — **Salons illustrés**. Années 1883 à 1897. *Paris, Baschet, Goupil et Cie,* 15 vol. in-4 br.

Nombreuses illustrations.

79 — **Saurel** (Alfred). Marseille contemporaine illustrée, ou promenade en zigzag dans les rues de cette ville. *Paris, à la Libraire illustrée,* 1876, gr. in-8 br.

80 — **Scholl** (Aurélien). Les Fables de La Fontaine filtrées. Illustrations de E. Grivaz. *Paris, E. Dentu,* 1886, in-8 br., couv. illustrée.

81 — **Société des Aqua-Fortistes**. Eaux-fortes modernes, publications d'œuvres originales et inédites. *Paris, Cadart et Chevalier,* 1862. En livraisons.

Soixante gravures eaux-fortes.

82 — **Société Française des Amis des Arts**. Années 1886 à 1897. *Paris, Librairie Baschet,* 12 livr. in-fol. dans le cartonnage de publication. Nombr. eaux-fortes.

Exemplaire de souscription, n° 551.

83 — **Theuriet** (André). La Vie rustique. Compositions et dessins de Léon Lhermitte, gravures sur bois de Clément Bellanger. *Paris, Launette et Cie,* 1888, gr. in-8 br.

Exemplaire sur papier vélin blanc. (N° 125).

84 — **Theuriet** (André). Reine des bois, illustré par Laurent-Desrousseaux. *Paris, Boussod, Valadon et Cie,*1890, in-4 br.

85 — **Touchatout**. Le Trombinoscope, dessins par Moloch. *Paris*, 1882, gr. in-8 br., couv. illustrée.

86 - **Uzanne** (Octave). L'Eventail. Illustrations de Paul Avril. *Paris, A. Quantin*, 1882, in-8 br., couv. illustrée.

87 — **Uzanne** (Octave). L'Ombrelle, le Gant, le Manchon. Illustrations par Paul Avril. *Paris, A. Quantin*, 1883, in-8 br., couv. illustrée.

88 — **Uzanne** (Octave). La Française du siècle. Modes, mœurs, usages. Illustrations à l'aquarelle de Albert Lynch, gravées à l'eau-forte en couleurs par Eugène Gaujean. *Paris, Quantin*, 1886, gr. in-8 br., couv. illustrée, dans le cartonnage de publication.

89 — **Uzanne** (Octave). La femme à Paris. Nos contemporaines. Notes successives sur les Parisiennes de ce temps dans leurs divers milieux, états et conditions. Illustrations de Pierre Vidal. *Paris, ancienne maison Quantin*, 1894, gr. in-8 br., cart. élégant.

Exemplaire sur papier du Japon.

90 — **Vachon** (Marius). Les Chats. Esquisse naturelle et sociale. Tableaux et dessins d'Henriette Ronner. *Paris, Boussod, Valadon et Cie, s. d.*, gr. in-4, cart., t. d.

91 — **Vie moderne** (La), journal hebdomadaire illustré, littéraire et artistique. *Paris, G. Charpentier*, années 1879-1883, 8 vol. gr. in-4 br., et en livraisons.

L'année 1883 est incomplète des n° **27 et 28**.

92 — **Vigeant**. L'Almanach de l'Escrime, par Vigeant, maître d'armes à Paris. Dessins par Fréd. Regamey, eaux-fortes par Ch. Courtry. *Paris, Quantin*, 1889, in-12 br.

93 — **Wilson** (Collection de M. John W.), exposée dans la galerie du Cercle artistique et littéraire de Bruxelles. *Paris, Claye*, 1873, in-4, demi-rel. chag., nombreuses illustrations.

Exemplaire sur papier teinté (n° 305).

94 — Catalogues de ventes. Sous ce numéro, il sera vendu par lots environ 350 catalogues de ventes de tableaux, faites de 1874 à 1897, dont un grand nombre ornées d'illustrations. Principales ventes : Bellino, Camondo, Coquelin, Crabbe, Cte de Daupias, Defoer, Dreyfus, Alexandre Dumas, Haro, Hulot, Ch. Jacque, Josse, Meissonier, Neuville, Corot, Perkins, Vve Th. Ribot, Rœderer, Rothan, Secrétan, Sellar, Mme d'Yvon, Cottier, Wilson, Beurnonville, etc., etc.

95 — Sous ce numéro, il sera vendu par lots environ 400 volumes anciens et modernes. Editions de Cazin, Classiques, Voyages, Romans, Journaux périodiques et illustrés, Albums à gravures anglais et français, pour les enfants, etc., etc.

DESSINS

ET

AQUARELLES

BARGUE

96 — Etudes et croquis. Soixante-quatre dessins.

    Proviennent de la vente de l'artiste. Cachets. 1883.

NIELLY (V.)

97 — Ascensions célèbres, de 1780 à 1884.

    Vingt et une aquarelles, rehaussées de gouache.

98 — Sous ce numéro, il sera vendu par lots, environ cent dessins et aquarelles par Adeline, Alamy, Andrieux, Arcos, Beaucé, Berget, Béthume, El. Boulanger, Bouton, A. Brune, Champmartin, Charlet, Chassériau, Chavet, C. Chennevière, Cicéri, Clerget, Anaïs Colin, Auguste Constantin, Cortozzo, Dantan, L. David, J. Demeulin, Desbœufs, Doré, And. Durand, Emy, Th. Fort, Fourau, F. Gaillard, Gavarni, Eug. Géraut, A. Giraut, H. Gray, Grévin, Guignet, Hancke, Héroult, Aug. Hesse, Isabey, Jeanron, S. Julien, Th. Jung, Laemlein, Mlle Esp. Langlois, Le Blant, Le Poitevin, Loncle, Mansson, Adr. Marie, Adr. Moreau, Myrbach, L. Noël, D'Orchiwiller, Pauquet, J. de la Rochenoire, Roqueplan, Rosa Bonheur, Rude, Schommer, Schnetz, Tesson, Thuillier, H. Tibialong, Vernet, Vigneron, Weisz.

ESTAMPES MODERNES

Eaux-Fortes

APPIAN

99 — Canal aux Martigues. — Environs de Menton. — Le Pont des Rochers. Trois eaux-fortes.

Belles épreuves avant la lettre sur papier de Chine.

BRACQUEMOND (Félix)

100 — *Erasme* d'après Holbein. Gr. in-4 (H. B. 39).

Belle épreuve sur papier de Chine.

101 — La leçon de Tricot d'après J. F. Millet. In-fol. 1883 (344).

Très belle épreuve avant la lettre sur papier du Japon, tirage à 128 exemplaires.

102 — David, d'après G. Moreau. In-fol. 1884 (348).

Très belle épreuve sur papier de Chine.

103 — Le Singe et le Chat. — Le Songe d'un habitant du Mogol. — Le Lion amoureux. — La Discorde. — L'homme qui court après la fortune et celui qui l'attend dans son lit. — La tête et la queue du serpent. Suite de six pièces in-4 pour les *Fables* de Lafontaine d'après les compositions de Gustave Moreau, publiées *chez Boussod, Valadon et C*ie. (795-801).

Belles épreuves avant la lettre sur papier du Japon, signées par le graveur.

BUHOT (Félix)

104 — Paysage (non décrit). Au premier plan une mare, au milieu un dieu Terme à l'ombre d'arbres touffus, à droite un groupe de cinq personnages dont deux danseurs.

Belle épreuve sur papier du Japon, signée à la pointe : *Félix Buhot, aq.-fort.*

105 — Les Gardiens du logis ou les amis du saltimbanque. (G. Bourcard 76)

Belle épreuve du 2e état sur papier de Hollande, signée par l'artiste.

106 — La Fête nationale (81).

Cette planche interrompue au 1er état, a été détruite après 4 épreuves. Tirage sur papier de Hollande à toutes marges.

107 — Suite de un portrait et cinq vignettes pour *le Chevalier Destouches* par Barbey d'Aurevilly. *Paris, Lemerre*, 1878. (91-95).

Epreuves avant la lettre sur papier Whatmann.

108 — Suite de dix vignettes, pour une *Vieille maîtresse* par Barbey d'Aurevilly. *Paris, Lemerre*, 1879. (99-108).

Epreuves avant la lettre sur papier de Chine.

109 — Suite de cinq vignettes pour *Les Lettres de mon moulin* par Alphonse Daudet. *Paris, Lemerre*, 1880 (109-113).

Epreuves sur Japon avec marges symphoniques. (Tirage à 33 exempl.)

110 — Une matinée d'hiver, au quai de l'Hôtel-Dieu (123).

Belle épreuve avant la lettre sur papier du Japon. Signée par l'artiste.

111 — La Fête nationale au Boulevard Clichy (127).

Très belle épreuve du 1er état sur papier de Hollande ; signée par l'artiste.

BUHOT (Félix)

112 — La même estampe.

Très belle épreuve du 2ᵉ état sur papier de Hollande. Signée par l'artiste.

113 — La même estampe.

Très belle épreuve du 3ᵉ état sur papier de Hollande. Signée par l'artiste.

114 — La même estampe,

Très belle épreuve d'un état intermédiaire entre le 3ᵉ et le 4ᵉ, tirage sur papier du Japon.

115 — La même estampe.

Même état, sur papier de Hollande.

116 — La même estampe.

Très belle épreuve du 4ᵉ état. Epreuve d'essai (Ardail) sur papier de Hollande. Signée par l'artiste.

117 — La même estampe.

Très belle épreuve du 4ᵉ état (avec les barbes). Sur papier de Hollande. Signée par l'artiste.

118 — L'Hiver à Paris ou la neige à Paris (128).

Très belle épreuve d'un état intermédiaire entre le 2ᵉ et le 3ᵉ. Avant les mots l'*Art* et *Imp. A. Salmon* et avant le *Monogramme gravé de l'artiste et le chiffre 25*. Tirage sur papier du Japon. Signé par le graveur.

119 — La Place Pigalle en 1878 (129).

Très belle épreuve du 1ᵉ état sur papier du Japon. Signée par l'artiste.

120 — La même estampe.

Belle épreuve du 5ᵉ état sur papier de Hollande.

BUHOT (Félix)

121 — Un débarquement en Angleterre (130).

    Belle épreuve du 5e état sur papier du Japon.

122 — Une jetée en Angleterre (132).

    Très belle épreuve du 1er état sur papier vergé. Tirage à 18 exempl.

123 — La même estampe.

    Très belle épreuve du 2e état sur papier de Hollande, avec le cachet de l'artiste.

124 — La Dame aux Cygnes (144).

    Belle épreuve sur papier du Japon. Signée par l'artiste.

125 — L'Orage (145).

    Très belle épreuve du 2e état sur papier vélin, avec de nouveaux croquis ajoutés dans la marge de gauche. Au bas cette note manuscrite : *Ep. no 3. Imprimée par l'auteur Félix Buhot. — Souvenir d'un tableau de Constable. — Kensington museum. — Tir. à 20 ex.*

126 — Le Peintre de Marine (146).

    Très belle épreuve du 2e état sur papier teinté. Tirage à petit nombre. Planche détruite.

127 — Un vieux chantier à Rochester (147).

    Très belle épreuve de 2e état sur papier du Japon. Tirage à 20 exempl.

128 — Le même estampe.

    Epreuve biffée et imprimée en bistre.

129 — Les Voisins de campagne (148).

    Très belle épreuve du 3e état sur papier vergé. Signée par l'artiste. Tirage à 20 exempl.

BUHOT (Félix)

130 — Les Petites Chaumières (149).

> Belle épreuve du 4ᵉ état sur papier vergé, avec légende manuscrite : *Imprimée par l'auteur F. B.*

131 — Les Grandes Chaumières (150).

> Très belle épreuve du 4ᵉ état sur papier teinté.

132 — Les Bergeries, soleil couchant (151).

> Très belle épreuve sur papier teinté, avec le cachet de l'artiste.

CHAUVEL (Th.)

133 — L'Orage d'après Diaz. In-fol. en larg. 1880 (L. D. 90).

> Très belle épreuve d'artiste sur parchemin, avant toutes lettres, signée par le graveur.

COROT (A.)

134 — Campagne boisée (H. B. 8).

> Très belle épreuve du 2ᵉ état, avec la signature tracée au bas à gauche, sur papier du Japon.

COURTRY (Ch.)

135 — La Récolte du Sarrazin (H. B. 22), 2 ép. — Les Glaneuses (23). Trois eaux-fortes d'après J. F. Millet.

> Belles épreuves avant la lettre.

136 — Les Amateurs de gravure, d'après Meissonier. Gr. in-8 (38).

> Belle épreuve d'artiste sur papier du Japon avec remarque ; signée par le graveur.

DANNEQUIN

137 — La mare à Piat.

> Belle épreuve d'artiste sur papier du Japon.

DAUBIGNY

138 — Lever de lune (H. 89).

> Superbe épreuve du 1er état sur papier du Japon. Cachet de la collection Ph. Burty.

DAUBIGNY, CHAUVEL

139 — Pommiers à Auvers. — Paysage. — Avant l'orage (Environs de Moret). Trois eaux-fortes.

> Belles épreuves.

DAUMONT (E.)

140 — Le Soir (Musée du Luxembourg), d'après Jules Dupré. In-fol.

> Belle épreuve sur papier de Chine.

DELAUNEY (Alfred)

141 — Paris Pittoresque. Dessins d'après nature gravés à l'eau-forte par Alfred Delauney. 1re, 2e et 3e série, ensemble soixante-dix-sept pièces.

> Epreuves avant la lettre. Signées par l'artiste.

DESBOUTIN (Marcellin)

142 — *Babou* (Hippolyte), la main sur sa pipe (H. B. 11). — Le même, attitude différente (non décrit). Deux portraits, in-4.

> Très belles épreuves d'artiste. Signées par le graveur.

DESBOUTIN (Marcellin)

143 — Jeune femme accoudée à une barrière, ayant une petite fille assise à ses pieds. — Fillette jouant avec une poupée. Deux pièces inédites.

Belles épreuves d'artistes.

DUPONT (Félix)

144 — Dans les bois, d'après Hélen Alligham. Eau-forte, in-4.

Belle épreuve avant la lettre.

FLAMENG (François)

145 — *Victor Hugo* sur son lit de mort, 23 mai 1885.

Belle épreuve d'artiste sur papier du Japon avant toutes lettres. Signée par le graveur.

FORGET

146 — Charles VII et Agnès Sorelle, ou l'heureux stratagème, d'après Gaillard.

Epreuve imprimée en couleurs.

FORTUNY (Mariano)

147 — Famille marocaine (H. B. 9). — L'Infante Isabelle ? Deux eaux-fortes.

Belles épreuves, une est avant toutes lettres.

GAILLARD (Ferdinand)

148 — *Vernet* (Horace), d'après Paul Delaroche, in-4 (H. B. 9). — Tête de cire du musée de Lille (36). Deux pièces.

Belles épreuves avant la lettre sur papier de Chine, une est signée par le graveur.

HENRIQUEL-DUPONT

149 — Mirabeau à la Tribune, d'après Paul Delaroche. 1847, in-4.

> Belle épreuve avec les noms à la pointe.

JACQUE (Charles)

150 — Petit moulin à Montmartre (J. G. 7). — Dessous de porte (8). — Le Remouleur (96). — Buveurs (218). Héliogravure Goupil, 6 épr. Ensemble dix pièces.

> Belles épreuves.

151 — Fumeur (19). — Les chanteurs (25). — Paysage (30). — Le champ de blé (44). — Troupeau de porcs sortant d'un bois (87). — Buveurs (218). — Troupeau de porcs. Sept eaux-fortes.

> Belles épreuves.

JACQUE (d'après Charles)

152 — Album de sujets rustiques gravés sur bois pour l'illustration, par Adrien Lavieille. *Paris, Claye*, 1855, in-fol.

> Belles épreuves sur papier de Chine.

JACQUEMART (Jules)

153 — Tête d'homme, d'après Rembrandt. — Vase orné. — Céramique. Trois pièces.

> Belles épreuves avant la lettre.

JACQUET (Ach. et Jules)

154 — La Charité. — Le Courage militaire. — La Jeunesse. Trois pièces d'après Chapu et Paul Dubois.

> Belles épreuves sur papier de Chine.

JONCKIND (J.-B.)

155 — Vue de la ville de Maaslins (Hollande).

>Belle épreuve à toute marge.

LALANNE (Maxime)

156 — Vue générale de Bordeaux (H. B. 10). — Bordeaux, effet de neige (50). Deux pièces.

>Belles épreuves d'artistes sur chine et sur japon.

157 — Plage des Vaches noires à Villers (65). — Plage d'Houlgate (67). — Dives (68). Trois pièces.

>Belles épreuves.

LELOIR (Louis)

158 — Un raffiné, eau-forte in-4.

>Belle épreuve d'artiste sur papier du Japon.

LEPAGE (Bastien)

159 — Retour des Champs. Eau-forte in-4 (H. B. 1).

>Belle épreuve.

LE RAT (Paul).

160 — Le Joueur de flûte d'après Meissonier. In-12 (H. B.8). —Planche pour le *Sahara et le Sahel* (36). Deux eaux-fortes.

>Belles épreuves d'artistes avant la lettre, sign. par le graveur.

LOUVEAU-ROUVEYRE (Marie)

161 — Envoi de fleurs d'après Toulmouche, in-fol.

>Belle épreuve sur papier de Chine.

MARE (Tiburce de)

162 — *About* (Edmond), d'après Baudry. Gr. in-8.

> Belle épreuve d'artiste sur papier de Chine, avant toutes lettres, signée par le graveur.

163 — Trente-trois estampes pour les Œuvres de Molière, composées par Fr. Boucher, réduites et gravées à l'eau-forte par T. de Mare. *Paris*, *Lefilleul*, 1881, in-4 dans le cartonnage de publication.

> Epreuves avec la lettre sur papier de Hollande.

MARGELIDON (Lucien)

164 — L'Angelus d'après J. F. Millet.

> Belle épreuve d'artiste sur parchemin, signée par le graveur.

MARTIAL-POTEMONT

165 — Paris intime, notes et eaux-fortes (H.B.5). Trente pièces.

> Belles épreuves sur papier de Chine dans la couverture de publication. (Exempl. n° 59).

166 — La Butte des Moulins et de l'Avenue de l'Opéra. Suite de dix-huit eaux-fortes. (7)

> Belles épreuves du 1er tirage.

167 — Les Boulevards de Paris. Suite de quarante-cinq eaux-fortes (8).

> Belles épreuves du 1er tirage dans la couverture de publication. (Exempl. n° 25).

168 — Paris pendant le Siège. Notes et eaux-fortes par Martial. Suite de douze pièces. (11).

> Belles épreuves du 1er tirage dans la couverture de publication.

MARTIAL-POTEMONT

169 — Les Marins de la défense de Paris, 16 p. (14). — Les Prussiens chez nous. 12 p. (15). — Ensemble vingt-huit eaux-fortes.

Belles épreuves sur papier de Chine du 1er tirage.

170 — Paris sous la Commune. Suite de douze eaux-fortes (15).

Belles épreuves du 1er tirage dans la couverture de publication.

171 — Paris incendié. Suite de douze eaux-fortes (16).

Belles épreuves du 1er tirage, dans la couverture de publication.

172 — Annuaire des beaux-arts pour 1875. Notes et croquis. Seize eaux-fortes dans la couverture de publication (H. B. 20).

173 — Annuaire des beaux-arts pour 1876. Trente-deux eaux-fortes, dans la couverture de publication (H. B. 20).

174 — Notes et dessins d'un Japonais sur Paris pendant l'Exposition de 1878. Dix-huit eaux-fortes dans la couverture de publication (H. B. 22).

175 — Le Retour de la Pêche à Cancale, d'après Feyen-Perrin. In-fol. en larg. (H. B. 26)

Superbe épreuve d'artiste du 1er état, avec remarques, sur parchemin ; signée par le graveur.

176 — La Question du nouvel an ! Huit eaux-fortes dans la couverture de publication.

177 — Une Boucherie. — La Glaneuse, d'après J. Breton. Deux eaux-fortes.

Belles épreuves avant la lettre, une est signée par le graveur.

MAURIN (N.)

178 — Cinq lithographies in-4. Sujets tirés de *Notre-Dame de Paris* par Victor Hugo.

    Belles épreuves coloriées.

MÉRYON (Ch.)

179 — Rue Pirouette aux Halles (H. B. 24).

    Belle épreuve sur papier de Chine.

180 — La Pompe Notre-Dame (H. B. 45).

    Belle épreuve avec le numéro.

181 — Le Pont Neuf (H. B. 47).

    Belle épreuve sur papier de Chine.

182 — Nouvelle-Calédonie. Grande Case indigène sur le chemin de Poëpo (H. B. 64). — Océanie. Ilots à Uvea (65). Deux pièces.

    Belles épreuves avant toutes lettres.

183 — Rébus : Chants rustiques et maritimes (H. B. 78). — Ministère de la Marine (82). Deux pièces.

    Belles épreuves.

MILLET (d'après J. F.)

184 — Les Travaux des Champs. Titre et dix pointes sèches par H. E. Lessore.

    Belles épreuves signées par le graveur, dans la couverture de publication.

185 — Reproductions de dessins. Douze pièces in-4 gravées à l'eau-forte.

    Belles épreuves avant la lettre, sur papier de Hollande.

MILLET (d'après J.-F.)

186 — Reproductions de Tableaux. Vingt-deux pièces in-8 gravées à l'eau-forte.

Belles épreuves sur papier de Chine.

MORDANT (Daniel)

187 — La Prière, d'après Jean Béraud, 1883.

Belle épreuve sur papier de Chine.

PHOTOGRAPHIES

188 — Environ 600 Vues et Costumes d'Orient, Egypte, Turquie, Grèce, Nubie, Palestine, Terre Sainte, Jérusalem, Nazareth, Italie, Russie, France, Paris et exposition de 1878, le tout réuni dans quatorze portefeuilles, demi-maroquin vert. (Pourront être vendus séparément).

PICCINI (Antonio)

189 — Souvenirs de Rome. Douze eaux-fortes originales et inédites. Préface par Jules Claretie. *Paris, Vve Cadart,* 1878.

Epreuves sur papier du Japon. (Ex. n° 15).

RAJON

190 — La Prière, d'après Chalmers ; in-4. (H. B. 76).

Belle épreuve avant la lettre.

RIGAUD (d'après)

191 — Paris : Vues générales et particulières de la ville et des environs au milieu du XVIIIe siècle. *Imprimé de nouveau par R. H. Laurie, 53, Fleet-Street. London,* 1880, in-fol. oblong, cart.

Recueil contenant 41 planches.

ROUSSEAU (Théodore)

192 — Vue de Berry. Croquis à l'eau-forte. 1842, in-8 en larg. (H. B. 1. RRR.).

Superbe épreuve sur japon pelure, à toutes marges.

193 — Vue du Plateau de Bellecroix. 1848. Eau-forte in-4 en larg. (2. RRR.).

Superbe épreuve sur japon pelure, à grandes marges.

194 — Chênes de Roche. 1861. Eau-forte in-8 en larg. (4).

Superbe épreuve du 1er état (RRR.) avant toutes lettres, sur papier vergé ancien, avec dédicace autographe : *Th. Rousseau à M. Jacquemart. 24 mai 1861.*

195 — La même estampe.

Très belle épreuve avec la signature à la pointe.

196 — La même composition.

Héliogravure en contre-partie, épreuve avant toutes lettres.

197 — Le Cerisier de la Plante à Biau. — La plaine de la Plante à Biau. — Le pommier de la Plante à Jean (Barbizon). — Paysages. Onze pièces.

Clichés-Glace. — Héliogravures. — Fac-simile. — Lithographies, etc. Deux sont coloriés par l'artiste.

SALMON (E.)

198 — Labourage Nivernais d'après Rosa Bonheur. Gr. in-fol.

Belle épreuve sur papier de Chine.

SERGENT (d'après)

199 — Portraits et scènes historiques, gravés en couleurs, et publiés chez Blin. In-4, demi-rel.

Soixante-huit planches.

SOMM (Henri) OUDART

200 — Calendriers pour les années 1878, 1879, 1880, 1881, 1882. Six eaux-fortes.

Belles épreuves.

SPINELLI (R.)

201 — Le Cimetière, d'après L. Welden-Hawkins ; in-fol. en larg.

Belle épreuve avant la lettre sur parchemin, signée par le graveur.

202 — L'oiseau mort, d'après L. Welden-Hawkins ; in-fol. en larg.

Belle épreuve avant la lettre sur parchemin, signée par le graveur.

203 — Pêcheurs au cabaret, d'après Virginia Demont-Breton. 1883, in-fol. en larg.

Belle épreuve avant toute lettre et avec remarque sur parchemin. Signée par le graveur.

204 — Les petits musiciens, d'après L. Welden-Hawkins; in-fol. en larg.

Très belle épreuve avant la lettre, et avec remarque sur parchemin. Signée par le graveur et par le peintre.

TISSOT (J.)

205 — Sa première culotte. Eau-forte in-8 (H. B. 42).

Très belle épreuve avant la lettre. Signée par l'artiste.

VERNET (Carle)

206 — Costumes, Equipages, Chasses, etc. Douze lithographies.

Belles épreuves.

VERNIER (Emile)

207 — Les Casseurs de pierres (Franche-Comté), d'après Gustave Courbet. In-fol. en larg.

Belle épreuve.

VOLLON (Antoine)

208 — Moulin à Montmartre. — Paysages. Trois eaux-fortes.

Belles épreuves, une est sur papier du Japon.

VUES D'OPTIQUE

209 — Paris, Versailles, Marly, Saint-Germain-en-Laye, Sceaux, etc. Seize pièces coloriées.

210 — France et Europe. Trente-six pièces coloriées.

211 — Sous ce numéro, il sera vendu par lots, environ sept cents pièces anciennes et modernes par Rembrandt, de Boissieu, Callot, Duplessis-Bertaux, Wouvermans, Norblin, Plonsky et autres. Eaux-fortes modernes, Photographies, Albums, etc.

212 — Les Portefeuilles de la Collection.

Grande Imprimerie du Centre. — Herbin, Montluçon.

RED. :

19

MIRE ISO N° 1
NF Z 43-007
AFNOR
Cedex 7 - 92080 PARIS-LA-DEFENS

graphicom

0 1 2 3 4 5 6 7 8 9 10

www.ingramcontent.com/pod-product-compliance
Lightning Source LLC
LaVergne TN
LVHW010305190726
843502LV00014B/1804